長沙府嶽麓志卷之六

郡丞山陰趙　寧纂修

遊覽詩　唐

春晚從李長史遊嶽麓道林　駱賓王

幽尋極幽壑春望陟春臺雲光棲斷樹林影入江杯古籐依格上野徑約山隈落葉飜風去流鶯滿樹來興闌荷御動歸路起浮埃

初入湘有喜　張九齡

征藪窮郡路歸橈入湘流望鳥惟貪疾聞猿亦罷愁兩邊楓作岸數處橘爲洲却記從來意翻疑夢裏遊

自湘水南行　張九齡

落日催行舫逶迤洲渚間雖云有物役乘此更休閒暝色生前浦清輝發近山中流淡容與唯愛鳥飛還

渡湘江　杜審言

遲日園林悲昔遊今春花鳥入邊愁獨憐京國人南竄不似湘江水北流

晚泊湘江　宋之問

五嶺悽皇客三湘憔悴顏況復秋雨霽表裏見衡山路逢鵬南轉心依雁北還唯餘望鄉淚更染竹成斑

江亭晚望　宋之問

浩渺侵雲根烟嵐出遠村鳥歸沙有跡帆過浪無聲望水知柔性看山欲斷魂縱情猶未已迴馬欲黄昏

夜渡湘水　孟浩然

客行貪利涉夜裏渡湘川露氣聞芳杜歌聲識采蓮榜人投岸火漁子宿潭烟行旅時相問涔陽何處邊

湘南漁父　孟浩然

問君何所適暮暮逢烟水獨與不繫舟往來楚雲裏釣魚非一歲終日只如此日落江清桂楫遲纖鱗百尺深可窺沉鉤垂餌不在得白首滄浪空自知

清明　杜甫

著處繁華矜是日長沙千人萬人出渡頭爭擬
明省爭道未歸驕嘶勝此都好遊湘西寺諸將亦
自軍中至馬援征行在眼前萬強親近同心事金
鐙下山紅粉曉牙檣捩拖青樓遠古時喪亂皆可
知人世悲歡暫相遣弟侄雖存不得書干戈未息
苦離居逢迎少壯非吾道況乃今朝更祓除

湘南即事　　戴叔倫

盧橘花開楓葉衰出門何處望京師沅湘日夜東
流去不爲愁人住少時

夜入湘中

洞庭人夜到孤棹入湘中露洗寒江徧波搖楚月
空密雲飛墻荻廣聲發鳴鴻行秖𥿄鴻帆者江分八
不同

湘江漁父　　柳宗元

漁翁夜傍西巖宿曉汲清湘燃楚竹烟消日出不
見人欸乃一聲湘水緑廻看天際下中流巖上無
心雲相逐

長沙蚤春雪後臨湘水呈同遊諸子

劉長卿

汀洲暖漸綠烟景淡相和舉目方如此歸心豈奈何日華浮野雪春色染洲波北渚生芳草東河變舊柯江山古思遠猿鳥暮情多君問漁人意滄浪自有歌

江中對月　　劉長卿

空洲夕斂烟望月洲江裏歷歷沙上人月中孤渡水

湘中憶歸　　劉長卿

終日空理棹經年猶別家頃來形已遠彌覺天無涯白雲意自深滄海夢難隔迢遞萬里帆飄飄一行客獨憐西江水遠將風波裏平湖流楚天孤雁渡湘水洲流瀟瀟空愁予猿啼啾啾滿南楚扁舟泊處聞此聲江客相看淚如雨

湘靈鼓瑟　　錢起

善撫雲和瑟常聞帝子靈馮夷空自舞楚客不堪聽逸韻諧金石清音發杳冥蒼梧來怨慕白芷動芳馨流水傳湘浦悲風過洞庭曲終人不見江上

劉長卿

汀洲浪漸綠煙景淡相和寧日方如此歸心豈奈
何日華浮游雲存因采洲波北渚千芳草東河變
嗟柯江山古思忘懷盡暮情忽君同遊人意歡淚
自有歸

江中對月　劉長卿

空洲夕煙斂望月秋江裏歷歷沙上人月中孤渡
水

湘中憶歸　劉長卿

終日空理棹經年猶別家頃來行已遠彌覺天無
涯白雲意自深滄海夢難隔迢遞萬里帆飄颻一
行客獨憐西江水遠寄風波裏平湖流楚天孤颿
湲湘水湘流渺渺空愁千載帝歟歟滿南楚扁舟
泊處問此尋江家相看別有南

湘靈鼓瑟　錢起

善鼓雲和瑟常聞帝子靈馮夷空自舞楚客不堪
聽苦調淒金石清音入杳冥蒼梧來怨慕白芷動芳
馨流水傳湘浦悲風過洞庭曲終人不見江上

湘中閒夜遣興　朱慶餘

釣艇同琴酒良宵背水濱風波不起處星月盡隨身浦迫湘煙捲林香嶽氣春誰知此中興寧羨五湖人

夜泊湘江　郎士元

湘山木落洞庭波湘水連雲秋鴈多寂寞舟中人借問月明只自聽漁歌

湘中見進士周詡　羅隱

吳王臺下别經秋破魯城邊暫駐留一笑有誰堪解夢數年無故不同遊雲牽楚思橫漁艇榜送鄉心入酒樓且酌松醪依舊醉誰能相見向春愁

湘中送友人　李頻

中流欲暮見湘煙岸葦無窮接楚天去雁遠衝雲夢雪離人獨上洞庭船風波盡日依山轉星漢通宵向水邊零落梅花過殘臘故園歸去又新年

湘遊有感　于武陵

杜陵無厚業不得駐車輪重到曾遊處多非舊主人東風千里樹西日一洲蘋又渡湘江水湘江水

復春

寓居嶽麓謝進士沈彬再訪　釋齊己

去歲來尋我留題在薜蘿又因風雪夜重宿古松門玉有疑休泣詩無主且言明朝此相送披褐入桃源

送友人歸嶽麓　杜荀鶴

家枕三湘岸門前即釣磯漁竿經歲別鶴髮亂時歸嶽靜無猿叫江春有燕飛平生書劍在莫便學忘機

宋

蒼筤谷逸句　理宗帝

放鶴去尋三島客任人來看四時花

白鶴泉　趙忭

靈派本無源因禽漱玉泉自非流異稟誰識洞中仙

遊嶽麓　張祁

春過瀟湘渡眞觀八景圖雲藏嶽麓寺江入洞庭湖晴日花爭發豐年酒易酤長沙十萬戶游女似

京都

同遊嶽麓分韻得洗字　張栻

遊觀不作難呼舟度湘沚新晴宿潦淨羣山皎如洗上方着危欄萬泉見根柢寒泉白可斟況復雜肴醴高談下夕陽邂逅玄鑰啟中流發浩歌月色在湖底

嶽麓道旁見穫者　張栻

腰鐮聲相呼十百南畝穫婦持黍漿饋幼稚走雀躍辛勤既苦爲幸此歲不惡王租敢不供大室趣適約雖云粒米多未辦乃升龠姑寬目前饑誰有卒歲樂樂歲尚爾爲一歎更何託書生獨多憂何以救民瘼

題五士遊嶽麓　張栻

閉門六月汗如雨出門褦襶紛塵土文書堆案曲肱臥夢逐征鴻遠前浦西山突兀不可忽身在政須求與覩朝暾未升起微風中流伊啞挾鳴櫓長林秀色已在望有如出語見肝膈意行愛此松陰直眼明還喜碑字古高侶花釋看幽居深隱仙家

開闢宇忽看宮牆高十丈學宮峩峩廻鄒魯斯文政倚講磨切石室重新豈無補危梯徑上不作難横欄截出可下俯惟茲翼軫一都會往事繁華雜歌舞變遷反覆寧重論昔日樓臺連宿莽邇來人物頗還舊豈止十年此生聚泉流且循除華表鶴來語炎風知不到山林茗盌蒲團對香縷冉來杖履皆勝引季也亦復同步武洛陽年少共白頭三閭大夫良自苦一笑便覺眞理存高談豈畏丞卿怒不圖畫僧聖得知貌與兒童作夸詡請君爲我添草堂風雨瀟湘守環堵

和張晉彦遊嶽麓　張栻

齋舫凌烟浦雲屏入畫圖日烘花炫晝風定水明湖布穀催春種提壺勸客酤湘中無限景賦咏繼三都

陪黃秉仲渡湘飲嶽麓臺上分韻得長字　張栻

支筇穿百級把酒問春光喬木依然在幽蘭秪自芳未嘗湘水滿更覺橘洲長暝色猶回首天涯話

故鄉

清風峽　張栻

扶疎古木矗危梯開始至今幾攝提還有石橋容客坐仰看蘭若與雲齊風生陰壑方鳴籟日烈塵寰正望霓從此上山君努力瘦藤今日得同携

和石通判酌白鶴泉　張栻

談天終日口瀾翻來乞清甘醒舌根滿座松聲開節奏微瀾鶴影漾瑤琨淡中知味誰三嚥妙處相期豈一尊有本自應來不竭濫觴端可驗龍門

東渚二首　張栻

團團凌風桂宛在水之東月色穿林影卻下碧波中

小山幽桂叢歲莫靄佳色花落洞庭波秋風渺何極

西嶼二首　張栻

朝吟東渚風夕弄西嶼月人境諒非遥湖山自幽絶

繫舟西岸邊幅巾自來去島嶼花木深蟬鳴不知

處

船齋二首　張栻

嘗低蘆葦秋更有江湖思久已倦垂綸游魚不須避

考槃須在陸混漾水雲溪正爾滄洲趣難忘魏闕心

柳堤　張栻

渚華初出水堤柳亦成行吟罷天津句薰風拂面凉

蘭澗二首　張栻

藝蘭北澗側澗曲風紆餘願言植根固芬芳長憐予

光風浮碧澗蘭杜日猗猗竟歲無人采含薰只自知

石瀨二首　張栻

疏此竹下渠漱彼澗中石暮館遠寒聲秋後動澄碧

流泉自清瀉觸石短長鳴窮年竹根底和我讀書

聲

登道鄉臺夜歸得五絕　張栻

三年不作山中客才踏船舷眼便明曳杖直登千尺磴尚欣脚力慰平生

舊日書堂倚翠屏只今棟宇尚高明門前恍若聞絃誦滮滮遶墻流水聲

道傍老松高拂青刳心取眼彼何人說與往來須愛護雪霜時節看長身

人來人去空千古花落花開任四時白鹿泉頭茶

味永山僧元自不曾知

湘江歲晚水清淺橘洲霜後猶青葱歸舟着一朱渠進且看漁火聽疎鐘

嶽麓尋梅不獲和元晦韻　張栻

眼看飛雪灑千林覓着寒溪水淺深應有梅花連夜發却煩詩句寫愁襟

與張南軒聯咏　朱熹

泛舟長沙渚振衣湘山岑朱 烟雲渺變化宇宙窮高深懷古壯士志憂時君子心張 寄言塵中客莽

蒼鮮能尋

懷嶽麓　朱熹

風月平生意江湖自有身年華供轉徙眼界得清新試問西山雨何如湘水春悠然一長笑妙絕兩無倫

七日嶽麓道中尋梅不獲十日遇雪　朱熹

三日山行風繞林天寒歲莫客愁深心期已悞梅花約急雪無端習滿襟

湘江留別　文天祥

瀟湘一夜雨江海十年雲相見皆成老重逢便作分啼鵑春浩蕩同雁曉殷勤江海人方健月明思對君

嶽麓雪晴圖李長出權生所畫　釋洪覺範

湘西今日雲生早嶽麓雪晴看愈好朱闌青鎖寄木杪下林蕭瑩青松道知誰沙步泊漁舟舟中應容寂音老愛山誰復如君者一幅湘西和我畫分身亦欲看京華要使癡兒驚羽化

湘西飛來湖　洪覺範

武林散艸鬟一峰螺髻孤烟雲有許態草木秋不枯埋公何許來望見輙軒渠曰此靈鷲峰何年飛來湖個中有白猿為子抵掌呼至今呼猿澗飛波跳碎珠蠋來楚南國萬山爭丞趨精廬開横塘清可照鬚眉高人家武林致此從東吳那知湘水西乃有飛來湖連蕩滿秋色小艇藏菰蒲閒來倚危檻對立鷗烟如我與湘峰色俱堪入畫圖

効李白湘中體　洪覺範

夕光江擺魚尾紅何處扁舟開晚蓬鷹字初成春有信煙鬟空好雨無蹤荒寒數葦橋洲岸傾畧半聰湘寺鐘浦口行人已爭渡林下歸僧欣一逢

道鄉臺　潘昉

東坡不謫黃黃應無雪堂道鄉不如斯此臺無道鄉青山非其人山林能污顏一落名勝手境與人俱香悲唫倚空絕臨眺生慨慷道鄉不可作承君不可忘

昉　元闕

帥師至湘江賦咏 高皇帝

馬渡沙頭苜蓿香片雲和雨過瀟湘東風吹醒英雄夢不是咸陽是洛陽

登嶽麓 王守仁

客行長沙道山川轉綢繆西探指嶽麓凌晨渡湘流踰岡復陟險弔古還尋幽林壑有餘彩昔賢此藏修我來實仰止匪獨事盤遊衡雲開曉星洞野浮春洲懷我二三友伐木增離憂何當此來聚道義日相求

望赫曦臺 王守仁

隔江嶽麓懸情久雷雨瀟湘日夜來安得輕風掃微靄振衣直上赫曦臺

嶽麓 毛伯溫

千峰萬壑那城西何處衡陽望轉迷古廟鐘聲偏寂寂荒村樹色自萋萋瀟湘湯雁霜前過嶽麓寒猿嶺外啼遲暮江關悲遠客蒼梧迢遞隔東齊

二

南嶽名峰七十二逶迤到此更無峰山深合有賢

聖或感慨清淚濺圓鑿受方枘初心本無辨強言
茸䆐礦恐辱從貶墮面登堂坐末煖駒隂倏過箭喝
肰仰天呼物態從萬變粘枯蝸縠痂得傳蛇虎鞬
歸來登吾舟長江淨如練

嶽麓感舊　顧璘

不到書堂二十年浮湘遷客已華顛惟應嶽麓崖
前樹曾聽哦詩曲水邊

遊麓山峰頂次熊軫峰二首　胡耀一松山人

身衝雲氣三千丈日俯湘山大半低青壟畊人如

蟻動大荒江影走絲微霮靆吸電高題句拂軫捫
參獨振衣一曲昇平歸未得正憐萬國載春暉

二

節穿蘿徑躡山巔雲杪高懷獨暢然江帶練光牽
迴野農隨鳥影散春田紫霄濟劍龍懸斗全楚看
山畫展天八表神遊閒不得詩成欲馭隺翩翩

湘江歌　沈元

洞庭之水高掐天一聲鐵笛裂飛仙老漁醉和時
抑臧欲往從之淼無邊蛟龍笑墮白玉涎忽結青

淺水孤舟動春帆江色開岸花迎纜出沙鳥傍人來雲白唐朝寺山青玉女臺乾坤正無限隨意葛巾頽

湘江舟中　薛瑄

湛湛湘水綠夾岸叢篁多扺舟逆水上南風起微波嘉此晴霄景迢遙覩江花沙洲曠綿邈雲岫紛嵯峨遠目爲舒暢客意將如何濯纓吾所愛聊爲扣舷歌

望嶽麓　李永敷

孤峯斷復起逶林欝相樛雄屹衡嶽趾青帶湘江流山回路疑合市遠境自幽伊昔構精舍斯文起前修素心切傾嚮塵鞅阻勝遊春風泚蓮蘭芳香滿汀洲可望不可襲使我徒增憂安得共良友道義資講求

郡守吳虛菴年丈邀遊嶽麓　曾朝節

江上霽光漾錦波畫船簫鼓在銀河同清宦味凌空碧欲洗塵纓掛薜蘿馬度橘洲青嶂杳秋深星散白蘋多名邦山水堪吟眺坐對君侯聽棹歌

嶽麓絕頂　蔣希禹

丹梯縹緲共攀躋千仞崖風引杖藜片語真疑通帝座半空忽訝報天雞江頭返照孤城迥洞口晴雲萬木低却背歸鴻望鄉國蒼梧隱隱祝融西

嶽麓山　陸寬

岧嶢一望削芙蓉樓閣層層繡碧峰石磬潤泉鳴地籟巖飛花雨露禪宗嵐光暝接湖煙潤黛色晴驕郢樹濃不信莽蒼無覓處還從登眺訪遺蹤

嶽麓峰　王常鑑

雙停小隊駐江干遝擁輕輿過杏壇曲水迴斜杯九折危峰陡絕磴千盤禪林樹匝龍宮寂禹碣苔封鳥篆殘何物煙霞能傲客山靈才許一回看

遊嶽麓　廖道南

嶽麓障星沙形勝宛綢繆遠祖祝融峰近挹湘江流山杳風氣古谿回煙景幽括人炳先覺法象時自修結搆層雲坡羣賢集來遊朝謁煙蘿洞莫來杜若洲聞道苦不早撫膺懷深憂願言同心友結髮爲好仇永爲山林主日夕事討求

旃蒙初獻歲牡駕趨南來仰止嶽麓地山川助幽懷白雲抱巖石繾綣仍徘徊昔賢有遺址紫翠封苔階即此悟元理造物吾相偕顧彼儇巧輩奔走紛塵埃曷若山中人厥德永不回

遊嶽麓和顏學使韻　高文薦

萬丈丹崖擁繡楹恣遊選勝得高明水分兩派支流遠煙鎖三洲沃壤平點瑟同絃傳調雅澧蘭沅芷散香清九霄仙客頻通信忽爾峰頭一雁聲

起司馬職於嶽麓晉別餞太守

王偉

北近嵩山南遠衡愧居靈麓此中生雲心只可閒林下嶽色何當贈遠行湘浦一尊孤棹夢燕然萬里故人情堪持嵐氣留衣袂反覺雯烟未許清

歐李二寅丈嶽麓同遊　李循龍

橫空飛翠枕湘流快自公餘結勝遊石激迴泉清籟迥崖歆古木野聲幽琅函好共絕光武藻筆于今見大歐待迴馮文齊並賞覽衣七十二峰頭

絕句 林度

嶽麓道林何處是郡人遙指水西村儒宮佛寺俱岑寂竹樹沉沉暮雨昏

瀟湘舟中別某禪人 袁宏道

山溪影獨翔湍月似冰凉石入分泉鉢蒭生澀藥囊樹頭懸笠子經背寫花方若過君山去乘聑截許長

遊嶽麓寄敬夫先生 譚元春

去嶽日已遠茲麓存典型水陸分中江延目洲外汀嶽意無斷絕草木森情形林抄蓄新泉溝洫聲泠泠拜石修竹旁祝融開遠青首尾歸一厚將竭見精靈是日寄公書南風下洞庭

遊嶽麓 戴加猷

不作南遷客何由到此堂心虛天共遠意足月俱凉晦色經秋淡江聲入夜長曲肱聊假寐彷彿見朱張

水陸洲

城闕含風迴波光蕩橘洲水迴旋讓路蘋滿欲迷

秋山借霏微色江分自在流木杯幾能渡隔岸喚
漁舟

水陸洲　　葉子奇

長沙城西湘水流客來城下繫孤舟隔江幾樹殘
楊柳留與啼烏伴白頭

遊嶽麓　　朱士景

鼓楫橘洲去追隨汗漫遊濤平沙際白日淡寺門
幽齋觔嘗新汲角巾話舊愁凭闌閒指點彼岸是
丹丘

射蛟臺　　陸相

燒丹人去但空崖古洞年深鎖綠苔我有強弓無
用處春風閒上射蛟臺

答居嶽麓者　　蔡道憲

蹴碎嶽麓雲剪斷湘江水楓丹染院深高飄菊衣
紫竹露垂朱霞霜華拂劍齒閒居多苦心中夜嘗
數起敲火作長吟山鬼驚偷耳持寄索心人虹捲
吳縑裏早晚欲行尋相將索奇字

湘江競渡　　郭都賢

梅花五月飛江雪杜若洲前酬勝節迎神招得楚些魂隔江啼老黃鶯舌畫船簫鼓賽沅湘風俗季季游戲瑒琹琹一聲萬聲和竹枝柳枝何清揚須臾撓鼓急如雷不奪盧標誓不回十萬橫摩鞭欲斷吟龍嘯虎鮫人哀此時歡聲共動地箇箇兒童懷鬪志剛聞絲管沸樓臺復見歌吹滿舟次更有輕舠不記數鷗浮鱗集相參伍笑語喧呼識不真往復去來比風雨暮山白墮魯戈停遊人燈火散如星寂寂空江閉城郭家家幽夢繞沙汀獨有高

樓歡未止羣動既息思靜理洞簫檀板佐霓裳字字輕敲落江水

登嶽麓有感　趙開心

幾年眺聽不能清重覩靈峰似友生雙眼習看湖嶽大九州長憶泰華平讀殘書記陰分寸閱盡雲知候變更仰止前賢追禹績山川自古有功名

秋日麓江懷歸　胡統虞

湘水連雲曉未收征帆遠掛碧天秋心隨江上蘆花雨吹到臨沅古渡頭

歲暮再遊麓江別陶仲調年丈暨馮愢公劉

杜三郭幼隗同貝社諸子　胡統虞

尋秋入嶽麓中道窨陰雨歲暮復尋來山深雪如堵人我在山外卑山等撮土𨒪〻陟高峯莅〻宗與六祖人生履平地懸念猶石孔想結成凝陰趨變立今古中有素心人能爲風會主睢言顧文禽而自修毛羽毛羽不自戢飲啄誰得取此身若漏巵世事類焦釜相傾至今日煉石胡堪補維我同所賜千里車相輔古道佰如斯抱膝吟梁父

拜嶽石　黃焜

蓊蔚霭芳叢攀磴幾回曲惟石似飛來崖岌削寒玉微風動琅玕衣裾柔新綠俯臨百仞溪虛危不任足箕踞坐長松六月肌生粟倚杖動雲根念記來時澪埽石且餐霞擬看陽初旭

飛來石　蔣希禹

巨靈劈山石〻砥平於掌望〻祝融峯不盡真人想

遊嶽麓　左宜之

中秋納衆領山光無束蟾蜍夜有香漁火微落生
蓼岸蛩伶次第奏林旁山高石竅含風漱水漲江
城帶霧藏眺望一時推絕勝盡情盃酌省追傷

遊嶽麓　　胡順華

擾二一知何極乘閒選勝來風光看自異素抱若爲
開獨杖麥蒼碣雙柑送綠盃仙巢何處問已是爭
纖埃

雨中懷嶽麓之遊

通宵懷嶽麓雨恰隱朝暾嫂翠薰僧夢幽香畏客

須遊須遲霽好晴已後春存不待江潭漲桃花亂
寺門

秋夜與焉棖公諸子嶽麓看月聽劉山人吹
簫

羣峯聯翠到樓邊月上松蘿生紫烟空響豈惟聲
在樹秋客不肯淡諸天疎鐘遠浦雁欲落黃菊碧
雲人自妍倚和洞簫吹徹夜曲翻嵐氣亦紛然

望嶽麓春雲暮色　　周聖偕

尋常雲麓止生翠何處春雲濕有光十載雨來成

晚漲一溪晴欲散諸芳樹攬新綠煙相接寺向高寒氣轉蒼終日憑欄閒眺望伊人幽思宛中央

黃西埜孝廉同弟如聊招遊嶽麓因登其先隴有作　周聖楷

客中嘗閉戶風月想盈〻不及遊山棹安知春水生澗溪雲欲動丘壠氣方清聽說徵車近難辭管樂名

飛來石　楊德遠

我聞嶽麓峯上有飛來石不知是何時尚有行人跡葦動相往來未覺形神隔以此望南嶽只如離咫尺南嶽豈不遠與我相主客雲煙了一隅山青水愈白林木蔚四時引勝投鞭策安知一片石不自峦嶠昔遷〻望相似但見天空碧

嶽麓峯　吳愉

澄翠淡新秋攀臨快勝遊懸崖碑自古劍景嶽如浮樹老濤聲冷雲閑野望悠舉杯天語近身在楚峯頭

嶽麓偕張王二子登眺絕頂　吳道升

天南名勝枕江開孤賞相酬把臂來博物張華原上客能詩王粲自奇才白雲縹緲層峰合碧水潺湲曲澗廻身世共爭遊汗漫不妨豪舉醉霞杯

嶽麓有懷步李太白韻　金嘉會

乘流探禹蹟舉棹散溪聲翠嶂遥依止烟光動台情野花吹碧落枒浪隔江城古碣留苔爭寒松瀉響輕洙泗千秋在湘衡此夜清鳴泉流碎月飛石結虛楹鳥獸門猶指鸞螭篆秘精浮沉看世變俯仰感吾生

雨遊嶽麓　吳　敞

春色偏宜濕乘風渡麓涯人峯山祠喜坐石野人疑病竹和雲瘦新茶戴雨癡林林如解語樹樹不相知竟日忽歸去煙鐘擊晚詩

嶽麓憶胡叔易陳東鄉戴小戴　吳　敞

層巒飛擁大江流景物天南一望收惻惻寒生煙寺晚悠悠歌渡遠帆留清泉助咽巉岩斷古木空心錯節周遥憶故人何處是雲橫暮岫自沉浮

橘洲泛月　吳悠

踈風一舸影江樓雲滿蘆洲似不流寒溢漁翁聲
扣月湘城無處不宜秋

登嶽麓絕頂　駱任

山靈待主幾春秋此日登臨意正酬聲逼松濤空
梵落光飛石縷洞雲流一尊獨對乾坤小萬疊巒
觀世界浮載拂蘿煙探古碣冷肰恍得御風遊

五日麓江同曹櫍之宸青家仲兄登潮音閣

觀競渡

但得登臨典即豪同人况復擅詞騷雲瞻嶽近尊
添綠雨入江寒閣聽高懷古豈徒酬令節迴風何
似送秋濤樓閒一日機雲賦方與中原競彩毫

仲夏同冏崔居司理遊嶽麓分韻得閒字

蔣之桊

大國猶餘此地閒林風傲骨歇江灣苔深石没龍
蛇隱濤靜峯高魚雁還已倦不勞雲入岫未歸誰
許月明山幾聲木鐸敲殘夢明日青牛番度關

嶽麓懷古追次桊白石先生韻

劉象賢

靈巒夢投岌文幽滁二川原指冀州金簡問天先八載玄圭徵禹亦千秋芙蓉丹嶂垂仙乳杜若香汀護碧流北渚雲中元咫尺左徒何事遠爲遊

宿嶽麓山俯大水　吳季友

雄郡若星懸湖湘接遠天水圍衡麓靜雲護禹碑全八景渾通泛三洲忽已連莫流才子淚倚枕聽潺湲

重經嶽麓　潘應斗

一葦湘江我再來遲峯峻絕倚雲開春間鳥語啼青嶂畫冷蟲書滿綠苔絕學此中洙泗地名臣何處道鄉臺流連幾度斜陽下湧與同人嘆刦灰

國朝

懷嶽麓　余國柱

萬里幽懷逐雁羣遥知丹嶂倚秋曛皐比曾擁南軒席片石猶傳北海文花落梵宮渾是雨松懸靈麓半成雲何當象杖岣嶁頂細剔蒼苔譯斷紋

其二

朝來爽氣襲晴曛故國名區憶楚南樹掩春雲迷嶽麓帆攜夕照下湘潭當時曾授元夔策何處重停赤帝驂寄語山靈休見誚昇平何用說投簪

清秋使還泊麓江與王懷人陶五徽諸子舟中讌集　高珩

三湘一笑見名流觴詠相將晚未休措大慣為文字飲輕舟便是化人遊千年興替蒼茫事萬里江湖浩蕩秋南望嶽雲如送客採芝他日更相求

麓江細雨　王象天

星星跡雨點流波陣陣寒風來笠簑嶽麓偏隨帆影轉洞庭不逐石尤過江光一帶搖楓日客意孑端嚼薜蘿空有鄉思何處寄雙雙鳥入暮雲窩

稜尊嶽麓送胡石江應　詔北上

彭而述

清湘瀲灩逗玻璃客庑離尊好自攜嶽麓秋風黄葉散洞庭落日鷓鴣啼　九重側席迎師保海內徵書尚鼓鞞却笑襄陽龐處士白頭只在鹿門西

偕李蔚雯唐十泉遊嶽麓

車萬青

挾客登高結勝緣到來意氣欲騰騫奔趍九面奇相引縹緲三江碧盡連山鳥作窺潭府客雨香多

落橋洲田尋幽更向雙松坐酌取芳清第一泉

讀車太史遊嶽麓詩念先學士衍與陶仲調年伯唱和其地感懷次韻

胡獻徵

山水先人獨有緣麓雲曾攬客衣騫荊潭唱和誰能繼鄒魯儒風氣自連已見浮洲求蕙畹應無茂艸在芝田三唐四絕今重見響叶琳璆瀉碧泉

登麓山次張巡憲韻

胡景曾

四年三度登臨眼杖底依然數點峯棘剪蒙茸蹊作徑屏開蒼翠滴爲容望遠郭外烟低堞影泛空

中日薄松欲踏儕巢杳何處吹香亭畔或相逢

二

瀟湘衣帶翠微間拄笏相看人未還雲麓洞鍾開碧落法華井水照空山碑陰科斗遥爲譯鹿苑招提靜不關今古悠悠成底事雄風擡首一躋攀

三

梵子透迤曲磴嵬抱黄烟寂野花催陰晴是處鍾神秀雲霧誰人忽洞開太白嘁肴曾托咏子山詞賦漫興衰移文姝笑猜猿雀詩史今推洛下才

和張廵憲遊嶽麓韻　錢奇嗣

南嶽峰名七十二亭亭一麓砥羣峰錦開雲母屏邊畫翠滴湘鬟雨後容嶺上清謳留白雪朝端勁節比青松峴山勝事何須讓叔子風流此地逢

又

祝融南望盡崔嵬野鳥山花命酒催湘水多年經世變嶽雲此日爲公開碑存北海名爭羨騷憶靈均事可哀宣室而今虛席待漢文原重賈生才

登嶽麓和張廵憲韻　胡壯生

盛遊髣髴在天間清夏攜從一往還陶鑄親承皋
甫謐風流如拜白香山三湍近遠疑無際八景參
差遊作關不有新詩競吐秀空餘逸事負躋攀

又

山光鳥語立雀梟百轉商人去不催江水何年澄
見底衡雲此日霽重開烟波極目今猶昔民隱關
心樂轉哀下吏自慚蟲響細登高徒羨大夫才

登嶽麓步張巡憲韻　倪康年

雲外嶙峋窺碧漢蒼然遙接祝融峰懸崖古樹杈
江色入寺荒烟老佛容篔谷芎蘐花覆水道鄉臺

圮雀巢松横空不盡供清賞淡宕幽心靜裏逢

又

身在浮雲積翠間輕飄猶羨鳥飛還古今勳業郢
幾碣天地文章綴遠山月照花城心自愧風搖羽
檄夢猶關暫邀半日閒中趣不障捫蘿策杖攀

登嶽麓　鹿兆甲

諸峰秀色瞰高亭歷盡幽篁度石屏佛舍旛幢雲
不歸僧房猿雀晝還扃沙圓燕尾窗前白江映蛾

看坐底青試倚危欄舒嘯咏天風吹送芷蘭馨

雨中嶽麓　周崇旦

薄海尊南嶽尋幽萬里來望迷山外雨行滑徑中苔古勝雲爲護窮巔日半開賡詩無得句徒向夢餘猜

遊嶽麓口占　薛桂斗

立馬高山遥興豁然四望渺無涯遥聽雲起烟封處笑指長沙十萬家

二

青梅煮酒白雲除紫氣光騰赤水涯翠栢蒼松苔石綠碧潭清影照僧家

遊嶽麓　張鴻烈

策馬盤回冒雨行箐篁夾路鷓鴣聲道林寺近孤僧在嶽麓雲多古木横百曲流泉分斷續千巖翠色辯陰晴松風謖謖吹衣袂懷舊蒼茫繫遠情

登嶽麓頂　沈一揆

藍輿衝破白雲根絕嶽籐蘿手自捫海内名山堪伯仲眼前列岫盡兒孫壁留科斗傳奇字烟鎖鼓

龍護石門俯瞰湘江帆影疾乘槎貪擬問崑崙

登嶽麓絕頂　布政使　黃性震

乾坤靈跡自何年疏鑿神功斗際騫峯立千尋疑
就日削成一柱欲承天人家烟火星沙郡客渡帆
檣湘浦船氣象蒼茫歸指顧還瞻北極紫雲邊

再遊嶽麓同魯崔洲留宿夜讀陶密菴先生
文集志感　胡作梅

高士歿何年今始睹遺篇挑燈夜諷詠適與賞心
偏賞心亦何爲騷比莊寓續韶年馳令聞垂老猶

秉燭白日蓄寸心徽音昔見玉關軒松栢秀望遠
薇蕨緣大笑非爲樂痛哭非爲辱儻矣千秋志名
山業相屬

登嶽麓　卓爾堪

入山蒼翠合萬木與雲平磴曲盤幽徑林深潭化
城寒泉咽澗道空壑應鍾聲坐愛松關靜塵心無
可生

舟泊嶽麓上胡沂庵司李　唐世徵

人江烟鳥太縱橫泊舫纔知春水生青上岣嶁頂

過眼香聞杜若氣鬬倩龍門舊設通家榻估客生
情咏史聲敢向公邊搖玉麈三升清酒博虛名

同諸子泛舟湘江　嚴珽

漫說沙棠一葉舟清秋理棹作臨流長年賈勇驚
飛鷁上客怡情笑狎鷗菊放蒲浮鶍鴻杓楓飄蘋
典驌驦裘湘江上下從游泳無事風波問石尤

水陸洲　楊起雲

芳艸青青橫沮洳漾蕩漁舟自來去江聲日夜聽
潺潺野鳧輕鷗沙際閒二水中分流向北一望清

湘幾灣綠數聲鐘磬送黃昏殘霞返照入江村

同王翼之諸子遊嶽麓　江有溶

早春招我亂高峯鳥語花香雜梵鐘人世勞勞休
未得徵雲千古自從容

二

殘碑古樹不知名老衲居然作主盟半日閒清手
日影更煩泉乳帶松烹

三

飛來石上數峯青遠眺衡陽近洞庭人在半天尋

勝人紆回再憇禹碑亭
四
朱張講席未全頹坐聽黄鸝送濁杯俯瞰湘江如
一帶何妨歸去又重來

和張越青巡憲遊嶽麓韻二首　周應運

嶽色如屏几案間扁舟摇曳任迴還空濛淡靄開
千岫崒嵂晴峯俯萬山荒院孤留明月照烟鍾閒
聽白雲閒婆娑重理登高屐乘興來遊願共攀
尋幽每涉水雲鄉歸路迴看意不忘烟引虬松埋

古寺江環漁艇亂斜陽東山别墅遺風遠峴首輕
裘引興長韻事翩翩垂禹蹟亘懷樵蔭遍瀟湘

嶽麓遇雨　趙寧

畫艫乘風渡橘洲偏從嶽麓振衣遊雲封鷲寺諸
天靜雨過湘江萬壑秋北海龍蛇存斷碣南軒餘
鐸有高樓誰當屐齒沖泥滑不見岣嶁未可休

高明亭　趙寧

亭高抗青冥坐見千里外山氣雜江烟紛霏落衣
帶

中庸亭　趙寧

半嶺甜孤亭長松倚危石春雲澹碧空去來總無跡

及泉亭　趙寧

涓涓聞細流蒼苔積古井照見井邊人空亭一寒影

翠微亭　趙寧

抱膝望湘江江雲自舒卷願將雲作衣湘君爲予剪

擬蘭亭　趙寧

家住鏡湖濱蘭亭日來往此中正依然曲水流清響

道鄉臺　趙寧

逐客浮湘去高臺歷歲華丹衷留諫草清夜宿毘邪芳芷依流水啼鵑怨落花從來遷謫恨千古是長沙

遊嶽麓　余瑜

嶽色湖光積翠嵐扁舟古渡泛湘南蠟成雙屐登

雲岫攜得孤笻禮佛龕花鳥繽紛迷曲徑山川杳靄入精藍不知芳草因誰綠憑使東風取次撥

游嶽麓詩　　王駿

籃輿遵山阯艤舟泊古丘村墟鮮茅屋孤犢驅綠疇蹐攀第一峰悵望感九州入門肅心志下階拜邾鄒至聖曷云逝羨墻難一遡欲從無由從遂懇尋薜荔蔚蔥新松杉漫迷古碑碣春岸海鷗盟長林天鷄唳窈窕曲徑通依稀蹊絕踪擬作蘭亭游置身竹林中山僧訪往昔蒲目凄悲風而今暢登陟怡悅被山容

乘月歸嶽麓　　王駿

首夏清和興自幽風生歸路暮雲收誰知嶽麓山頭月長向昭潭水底流

春日麓峯新眺　　徐則論

奔悅情飛曉渡江在時城裏但凭聽溪春明艷出新雨終古鬱蒼擁故邦分得嶽名還獨立尋來湘外定無雙却憐熙攘浮塵下可似熊蠓聚一缸

同車航州太史遊嶽麓　　李世檯

試香泉扳援更陟烟霞上眼底胸中何浩曠颯颯風濤若御僊飄飄衣裾凌千嶂俯瞰湘帆片片間幾人對此開愁顏茲去衡陽不尺武祝融峯頂任君攀君不見神禹碑北海字千秋萬古藤蘿織身世浮雲過眼空閒鷗野鷺眞相媿歸來醉飲小舫浮洸似昨宵之夢寐

憶嶽麓吟　　胡袁惀

南嶽祝融高宜斗俯控羣峯供腋肘峯靈學嶽嶽不辭稱尊亦許南面受約束蒸湘扼古潭一麓巍

然峙深厚青林森起覆青雲絕學廻瀾開戶牖風臻鄒魯古威儀輩接人宗禮不朽往時負笈徵奇懷私辯黃鍾與瓦缶抱書應辟此山中未似尋常採二酉松色危橋多踞箕墟烟繡谷雜耕耦有時大嘯響蒼筤有時放眼摩蝌蚪清風峽裏不攜八道鄉臺畔頻回首讀書求友百年心平生大抵帽皁狃刼灰飛斷名山遊張樂夢中嘗八九欣聞嶽瀆呈新獻離奇老眼來岣嶁

嶽麓　龍孔然

朱陵派委入熊湘一望嵜嵬逼大荒檻外江波吞日月巖前山勢控荆揚每看咐麓雲青起多在南軒舊講堂我欲扶筇遊秉燭芒鞵許否踏來狂

遊嶽麓山　翟容徹

降神維嶽峙南天七十二峯相亘綿祝融插雲不到頂趾頭何處躡雲邊懷沙有山峻且矗相傳便是嶽之麓香雲生滿六月寒好把奇書此中讀當年四浣跨平林地以人傳自古今幾度滄桑羅塵刼迷離烟雨歎蕭森君子堂前松頂禿岣嶁碣石

走麋鹿蒼苔斑剝射蛟臺幽篁寂歷簷筤谷太白一出黄腰刋清絶湖南頹尾安伏遇聖明舉封禪鉅藪名山匪舊觀同調開尊陶索寞追隨喜踐看山約天空江浄水不波麓被雲浮雲在壑縱目山山自主賓從前位置煥然新生面重開增勝槩主持文物皆賢人山川之氣鍾浩瀚玉衡獨傍文星燦高山高山願景行直欲凌雲生羽翰

辛酉初冬嶽麓漫成　車萬育

洞庭之南山矗矗中有一峰名嶽麓崖蒼石老不知年雲嵐常養千章木憶昔朱張講學時能爲此山開面目來尋蝌蚪禹王碑斑剝蘚食字忽忽曾傳四絶詩與書續爲編記蔣穎叔我向墨光溯其神其神可即不可復更仰高風鄒道鄉却勞元晦將臺築軍持汲取法華泉烹餉紫茸香馥馥當前城郭古長沙萬家烟靄時在矚嶽色湖光盪我胸寥廓襟懷何日足且拈奇句問青天應肯諸天與偎佛帶得雲歸古渡頭舟子遊人羣逐逐

登嶽麓山　祝軒齡

古殿沉沉白日寒奔湍濺瀑自潺潺屋邊老樹雲常護山下清泉鶴未還刻桷几筵新氣象綺窗燈火照巖巒上方見說精藺好講道於今已倦攀

二

峽口清風拂袂偏丹臺綠墊俯亭前松關攜客登樓望石室看雲借榻眠有鳥啼添杜甫興逢僧詩結遠公緣推窗歷歷江城遠坐聽疎鐘起夕烟

過橘洲捨舟陸行入嶽麓　陳鵬年

江行趂朝曦維舟尋嶽麓橫舟亘如帶展轉過江瀆危峯接天青咫尺限遊目紆迴巖前路數里及中谷石磵始何年荒草半淹伏象田數村落人烟亦聚族荒荒幽花繁畝檜澗道複招提隱重隝露樹蔽林木秋空天氣清白日散平陸羣動時偃仰靜與遊者逐同行諭徒侶緩步志森肅茲遊真勝會山靈戒蟲遂毋爲造物忌傾罍受清福

嶽麓記遊　陳鵬年

天下名山誰絕奇上有字青石赤神禹碑下有尼

山泗水真威儀自來兩聖垂萬古茲山踪跡爭嶸崎嶇江俯郭氣磅礴巖巒洞壑幽以爽我來雙眼與兩足天高日白風凄凄搜奇覽勝不自禁提如猿馬來何遲招提路轉絕壁下清風峽鬧亂泉瀉萬籟無聲僧啟門曲徑松陰蔽古瓦法華泉水潺瑚盃沁脾冷冷心神開禪房洞達四窗曉翠峯帶水生徘徊更上南山絕頂望洞庭瀟湘天淡蕩片石高懸千尺餘木客螭虬不可上遊人心目皆茫然雲麓宮前倚枯枝牢騷野谷正悲秋山川蕭目添離愁振衣劃然發長嘯天風瑟瑟淩渚洲年來壯志虛蓬島白水蒼山赴荒草覓取道鄉臺畔雲問字溪山結素好

嶽麓逢野叟絮話　趙又昂

到院春初霽殘雪搖空枝列岫呈微翠山光亦微熹黯寒餘偪此欣然共仰之間屏正凝眺有翁徐杖藜即席掀髯至云久住山廬堀見書堂事百年幾興衰朱張世已遠傳聞君所知且說成弘後文物邁淳熙啟禎猶全盛記憶多英奇犖挾九經簏

來下董生惟援幽臻絕頂擔簦傍禹碑先疇數千
項㝵由賦樂餞典籍几案具膏火夜無虧問孰主
持是守令相綱維亡何逆兵潰蹂踐宂狐貍潛參
紫陽碣莽翳曲水池榛蕪廿五載猿猱古木悲名
勝不終鬱周公來撫茲慷慨任再造巍奐埒曩時
盡法討侵地多士稍揚眷觚復七政歲遊氛倡亂
離馬牛處殿閣棟折崩其榱數年奏平定茂草誰
見治金碧梵王宅奪僞供沙彌未覩高識傳那惜
昔賢遺何緣

右文王教澤暨南陲　中丞宣雅化令出風霆馳
濟世才重覲作帥兼作師掌上運九疇山川聽指
麾登臨尋故蹟流連任揩祠景行六君子費弗計
銖錙丹堊一宵前後觀艮在斯十亭三舍備大廈
庇懽怡嵩陽今已矣白鹿放芳規毋似門下客投
瑟學竽吹毋似林間逸清談縱酒卮攬華須落實
諸君自勉爲對衣天子賜古道應相期言訖揮手
去明日滯方陂挑檠紀翁語敲我一枰棋

奉陪趙司馬遊嶽麓書院　祁曜徵

鳴騶出郭門泛〻湘江水夾岸多芳蘭風吹惝香
起掛帆移嶽雲弭檝傍山趾桀構倚危峯山林遠
城市琮琤寒玉鳴泉聲滿人耳攝衣拜南軒肅容
念朱子絕學續尼丘沉寞斯至理磬瑩永千秋書
堂表芳軌坳仄幾飛揚棖楠尚巍峙絃歌發清音
豈羨絲竹美流觴雜鶯花藉草列尊罍何敢縱沉
湎詠歸溪仰止落日下橘洲雙鏡迴鏡裏紛〻野
燒紅歷〻烟嵐紫回首望岣嶁餘情不能已願言
移琴書脩然滌塵滓

道鄉臺　　王澂

鳴呼古人不可見遺踪勝迹堪流連但是倉卒所
遊歷遂令築臺鑴石垂千年休哉鄒公本晉陵倡
明正學從伊川立朝屢〻觸忌諱長鳴斥使何遷
延當其抗疏元豐中一身屹立正氣全所爭廟堂
與宮禁遺讒削籍長林泉崇寧復起知主德那堪
邪正相糾纏衡州遷謫顧亦足湘江夜渡無延緣
貴臣逐客姤風雨老儒列炬如青蓮誰能依稀紀
歲月實賴後覺彰前賢巍〻朱張兩夫子講學常

問回西渡名船陟彼靈麓想精采羞令往事隨風烟毅然築臺赫曦舊鏗爾鏘石道鄉傳神呵鬼護五百載遊者見此心肅然草深十丈下寒露高匕聳麋臥麂臥基邊兒復書院接武精舍羅在昔何多碑碣咏嘯埋霜天嗚呼古人不可見遺踪勝迹堪流連

題嶽麓圖 趙寍

潭州城外讀書處疊嶂平江隔沙渚縹緲樓臺傍石根參差亭榭藏深對雲霞憑現發光華日見仙人鳳鸞駐極目瀟湘一片帆悲風吹人蓬萊去

登嶽麓山 乙巳秋 王戩

層梯曲磴覺身高懷古悲秋首重搔天地到今多剝復靈山極目有吾曹懸崖落葉繁行屐萬壑寒流汪縕袍下瞰微茫耶指點酒樓漁艇隔江皐

又

七十二峯來嶽麓九千餘丈望衡山朱陵紫蓋邀難見老對蒼藤驚乍攀巖畔啼猿高不落巢邊飛鶴去終還道鄉臺在烟嵐上獨上高臺意獨閒

虎岑堂寄羅西叔　王戩

衡山形勢尤恢奇南宮朱鳥司火維祝融迴雁不可到北到靈麓途逶迤石磴盤旋上青壁松濤滿壑奔雷馳雜花續紛令眼眩百鳥鳴和盈心悲山腰迴合抱佛寺東邊缺處環城陴繹行多暇坐崖广橘洲烟水空瀰瀰寶光頓驚舍利塔幽恠更讀神禹碑屈宋風流感異代帝子縹緲愁九疑我來景物殊夙昔十年此地摲軍麾陶公戰艦洞庭岸諸葛羽扇天南陲白頭舉事笑吳濞何似馬殷城外高塚還纍纍浮雲變滅須臾期今我來尋眞本師岑老堂中狎虎子法王座下搏獅兒雞臛蒸豚恐致詰闕參玉版甘朵頤憶君潭府奚所爲管弦隊裏黃金巵落日江頭展蹀躞應有嶽色撩鬢眉惟君視我如惠施同舟千里相娛嬉巴陵一夕五百里北風勞箭無由追居停遠寄七字詩妙絕邀我多微詞遊山之期尚不定石頭路滑來應遲人生出處會有定偷閒着屐今其時他日功成身退老便衰多恐七十二峯吟望恒低垂

遊嶽麓詩次王孟穀見寄韻　羅　俊

偶過洞庭援幽奇嶽麓屹屼湘水維春日明媚事遊屐花迎草接行逶迤農人䅲畝躬畚揷婦子餉饁溝塍馳古樹參天挂薜荔幽岩哀鋻聞聲悲十月星沙苦積雨回頭青翠縈隍陂理學淵源有專祀中天聖道光綸瀰捫蘿拾級到方丈隋唐寶地餘殘碑高僧晤對萬念淨猛虎不報心生疑山僧云凡貴客至虎必先報西日未墜登絕頂諸峯環列如旌麾禹文蝌蚪宿難識俄有黑霧橫邊陲帝子蒼梧何處

是九疑渺渺愁湘纍人生五嶽孰無期黄冠壞衲皆吾師獨我湖海餘豪氣遊俠每愛幽并兒醉歌時時自擊節沉吟在在空搘頤幅巾松下欲何爲頭余茗椀勝金巵杜鵑花發艷如火山腰嵐氣恒侵肴朝霞暮靄誰設施素心攜手相諧嬉鷓鴣啼音大婁切紛紛行路將焉追日暮試誦杜老詩一篇還勝黄絹詞浮世富貴不足羡鍾聲野寺欣棲遲已覺山林人夢空春禽晛晥晨與時笑他杜預立石一山復一谷汲汲功名欲使千年垂

讀羅西叔遊嶽麓詩次韻兼寄王孟穀

查昇

洞庭之水天下奇，奔濤駭浪旋坤維。一入湘江始得岸，舟子負縴行逶蛇。東風北風帆腹飽，迅疾渾似駿褭馳。昔年烽火熾畛域，室廬城郭令人悲。戰塲白骨鬼夜哭，青燐閃閃緣荒陴。橋洲地胏浮水向，無問冬夏水瀰瀰。我今來登嶽麓頂，入門先見岣嶁碑。蝌斗神奇不可識，郎讀詮釋仍狐疑。遥望衡峯挿天半，衆山拱峙憑指揮。羅洋雲毋環府治，兒孫陳列天四陲。又如百官森劍珮，綬何若若印纍纍。漢陽王生素心期，修門同事新城師宮詹王阮亭夫子。僢予悠悠何足數，楊孔還呼大小兒。賦詩彎鈸更刻燭，談經奪席妙辨顛掐來。六月奚所為，羅君詞客同鄉厄。知與王生稱莫逆，曉窗愛看螺子脊。胸藏經緯未展施，聊事山行復永嬉。王生典盡理歸棹，交臂一失焉能追。羅君貽我嶽麓詩，陳言務去標新辭。栁州作記少陵句，使我翻恨相見遲。寥聲花影左右空，況復際此昇平時。憑君寄語王生

纂氣莫便頹且衰詩文光芒萬丈應與天地名長垂

黄大方伯偕楊刺史趙司馬王別駕遊嶽麓宴集靜一堂即席有賦　祁曜徵

岣嶁高登入雲霞使節遥臨玩物華暫駐畫輪依澗草高飛羽蓋點山花杯浮玉液風初暖鮮剖銀盤日欲斜却笑異鄉爲旅客幸陪清宴集星沙

寓嶽麓書院同余羅兩孝廉遊萬壽寺訪彌嵩上人不值偕其徒阿諾徧遊山中諸名

勝長歌紀事　祁曜徵

君不見衡嶽之高〻插天七十二峯凌雲烟茲山峯巒乃其足講院禪宮紛相連我來瀟湘愛習靜掃榻移書傍幽徑高人兩〻同嘯歌共惜春溪發遊興樹客鶯啼景物縣萬家烟火隔星沙遲日熹微翳雲葉澹香驗茗吹風花吹香亭倚蒼筤谷北海遺碑對山麓嶽色千重到眼青江光百頃盈襟綠却憶支公去未還蕭〻雙對掩松關茗柯畱客論詩畫坐中白足如阿難孱衣欲上氣高頂叢竹

泉流碉波冷雨花杳靄覆經臺芳草芊眠低塔影高閣凌虛幾度秋漫同王粲賦登樓牕中積翠諸峯入檻外空明二水流攀蘿捫葛盧巖上屐齒爭鳴發清響岡巒廻複嶺路斜翠壁丹崖總姝狀半觀列岫接蓬瀛雲麓仙宮舊擅名勾漏掩映環帝座絳節飄搖朝玉京耳邊恍惚聞天籟遠望還將祝融拜何年片石忽飛來豈風吹上清涼界四顧真介塵慮稀朱陵洞庭烟霏霏烟開烟合驗晴雨行行且止入翠微翠微絕巘倚空碧手摩古篆岣

嶁石安得元夔使者來翔鸞倒薤重披譯憶昔滄桑歷刼灰山川亭榭俱摧頹棘刺鉤衣抱黃洞荊榛没履道鄉臺古今興廢每如此禹蹟秦鞭豈常理與狂亂摘青芙蓉蚪斗書懸春嵐紫紫極蒼茫元氣高層樓十二通神霄醉跨燭龍喚黃鵠與君拂袖長逍遙逍遙萬里不可道荏苒風塵惜年少他時歸去示鄉隣歷落奚囊貯詩料一壑一丘何足云卧遊却笑宗少文盪胷決眥入雲鳥輕霞薄霧爭氤氳客牕高枕夢仙闕醒後斜陽半明滅崑

崙縣圃且莫尋夜采山花弄溪月

嶽麓山　　陳五聚

十年紀伴不成遊晴日開登最上頭春去落花垂柳陌詩成清磬夕陽樓聽殘百滴三更雨望入湖光萬頃秋笻杖欲停妨夜渡摩星明月步難留

登嶽麓　　任進孝

輕舟勝日渡湘川海嶽名堯帝座連惟石每藏青靄內奇峯時漏白雲邊山非標載將無地洞絕蛟氛別有天欣際中丞文教盛風猷重紀麓山巔

春晴舟中望嶽麓　　黃佳色

江干楊柳散行船晴嶽欣看雨後天水繞一洲新綠漲山開萬疊暮雲連著書擬滴花間露攬勝空浮對裏烟更有上方高絕處鍾聲杳靄息塵緣

辛亥元日奉陪樓岡方太史令弟邵村侍御過橘洲登拱極樓小憇天外禪師丈室讀其遺文　　陶之典

倦舟肯為麓山維耍撥輕舠向碧涯煙寺晴嵐重有閣岸花牆燕久無詩雙珂直步星河上九面青

蹟殿角移何意柴桑無匹頗得陪高躅御長思

又

道鄉臺畔瘴雲扶莫怪春歸九畹虛橘樹已隨城
崔化皇華曾記士風餘侍御公往奉使入粵過長沙祇應北海
名山蹟堪入浮湘太史書咄二建安孫子在竟攜
遺笥出精廬天外師爲張羽王先生齋

懷嶽麓　趙東麗青

家大人分刺潭州時予奉家慈居越不獲追
隨既而貢入北雍復就浙試聞闕聶履尚
未得一至楚南追憶瀟湘瞻懷嶽麓惟有
白雲縹緲明發時縈而已因作懷麓詩二
首

開道湘山翠欲流臨江齒二石根浮堂開東壁牖
雲落署接南城佳氣收三楚日邊親喜健一經天
末予偏遊何時詩禮趨庭後得躡梯崖共討求

其二

先賢遺搆在長沙天語褒榮燦九霞學舍文光依
北極仙鄉才子麗東華木蘭聽瑟峯能數斑竹邇

詩月自奢我欲溯洄一盤蓴待隨秋雁渡虛舫

同趙司馬泛舟湘江追和　張廷榦

爲愛瀟湘景寧芳杜若洲遠峯雲外出落日水中
留荇帶牽青雀蘋花浸玉甌若非牟舍客那得逐
良遊

裒羅兼三祁旣朗讀書嶽麓山中

遙望衡山麓蔡光射斗牛奇文應共賞新句諒同
酬攻苦三春日飛鳴八月秋愧余漂泊客惆悵鳴
中洲

陪同年車斂州太史遊嶽麓　李世[illegible]

九面衡陽一望通瑩峨身在白雲中門前山愧攜
笻晚塔上題如造勝同地湧華泉甘在水香吹筤
谷綠依桐生來楚澤多奇抱最欲高攀追禹功

游岣嶁山　趙志夔

選勝寧辭躋陟難扶笻鳥衞歷千盤青巒次第排
雲出白日蒼茫入夜殘玉露正隨楓葉落金風長
伴菊花寒登臨極目舒懷抱歸渡湘江興未闌

游翠微亭　趙志夔

偶試登山屐攀援薜荔分陰崖秋愈峻牧笛遠還
聞江影沈疎鴈征帆逼暮雲憑高同徙倚書院自
氤氳

渡橘洲　趙志夔

歸路斜陽落後舟湘水平烟迷于頃白月靜萬山
明遠瀨沈漁火清霜冷鴈聲寒光如可掬秋思鎖
江城

上巳陪侍　家大人擬蘭亭讌集　趙東

千里趨庭子追隨修禊時當筵既學禮此日復論

詩酒向流泉急花于曲檻低吟箋雖已獻終媿右
軍兒

初夏登翠微亭　趙東

四月虛亭載酒過新桐嫩篠引凉多飛來紫燕偏
能舞聽得黃鸝宛似歌座上江光飛雪練欄前山
色隱陰雜巖花猶作繁春態故傍廻廊照叵羅

遊嶽麓書院誌懷　盧震 五華

嶽色秀終古翠藹蘊其光七十二雲峯峯峯自茲

始面對星沙城驅策瀟湘水造物結搆奇蔚蔚特
原委異書攤地讀舍此將安止會有南軒公因之
設皋比晦翁屬同調汲引尤不已文物熾且昌翩
翩多徙起厥后罹兵燹堂廡漬就圮賴我衆賢豪
接踵復完美君子堂藹藹蒼筤谷槖槖緬想全勝
時未必殊若是竊懷繼武難遠矣邈二三子主持倘
有人茲道期同砥與言至此問不覺驥然喜

嶽麓書院　　汪　虬

岣嶁頂上禹碑傳北海烟雲尚未湮　鳳詔皇華

臨壁水　龍章飛白煥湘天一時金碧山河壯千
古螺書日月懸爲報太平新獻賦邇來國士尚堪
憐

新秋入岳麓次李蔚文和敏州太史韵

簡　能

滇江絕巘與天通湖嶽全身現此中治水蹟原非
秘異看山情未許雷同擬修浮筍（湜覺範稱湘爲浮筍）橋詩
聞橋止借空林葉落想過寺却驚青瓏琰道人營
護不無功

且止亭　孫仝

亭名且止息人遊四顧山光返照收一郡煙嵐來眼底百年興廢付江頭雲回遠岫舟難載月下高天鳥漸休古寺寒烟燈火外釣簑歸處起羣鷗

暮春遊嶽麓書院　楊廷相

泗上返征掛短帆來遊嶽麓侶松杉但期問益瞻朱子敢曰參謀從紫巖　鄒闕挿大材濟濟蘭香滿室燕喃喃儒風不謝山東舊願息歸心展玉緘

嶽麓寺　楊廷相

梵宅幽幽金碧龕虎岑已異舊杉庵誰如清素居堂上鹿苑空教接野嵐

雲麓宮　楊廷相

石搆參差仙子居麥風縹緲白雲舒月明殿後傳空響應是蹁躚鶴步虛

道林寺　楊廷相

精舍何年屬梵王幾番幾尨隊鴛鴦祇留四絕名無恙千古猶聞翰墨香

遊嶽麓書院

勿入君子鄉泛〻徒遨遊勿登賢者堂冥〻鮮炅儔朱室當開寶文教翕然修嶽麓闢書院朱張此綢繆邈矣兩夫子理學相倡酬萬古同一心方寸起千秋意領神自會不以言語求迄今數百年遺韻如仍留近代作者希孳〻塵雜謀五穀豈羨稱及覺緇黃傻慚余生也晚歲月半湛浮肅拜瞻宮牆歎息撫松楸

其二

嶷〻岳麓山潯〻瀟湘水山水無盡期氣逓倏泰否兵燹昔頻仍書院亟遭毀今幸覩重構堂廡咸塢尨江聲走垣牖嶽色墮棐几入部雙星來齊藻光綸璽　賜以中秘書宛然咸平始勞心遵大人念典在多士廟貌如暈飛鼓鐘漸盈耳須知式廓心詎曰飾觀止毅然紹前徽寧僅圖與史習染藉漸摩超〻繹厥旨俯仰懷榛苓所思惟彼美

其三

潭州介南服自古稱卑濕九歌〻未終鵬賦〻堪泣俾止靈麓峯屹然江岸立賈勇躋其巔好風吹

劉長卿

汀洲渡澌綠相景淡相和舉目方如此歸心豈奈

何日華浮雪春流已來湘波北浦生芳草東河變

猗柯江山古思遠遊島華精發君問遊人意滄涯

自行咏

江中對月　劉長卿

空洲夕煙斂望月秋江裏歷歷沙上人月中孤渡

水

湘中憶歸　劉長卿

[illegible]

終日空理棹經年猶別家頃來行已遠彌覺天無

涯白雲意自深滄海夢難隔迢遞萬里帆飄颻一

行客獨憐西江水遠濟風波惡平湖流楚天高遙

漫湘水洲流勝添空谷千猿啼啾啾瀟南楚扁舟

泊處聞此聲江客相看淚如雨

湘靈鼓瑟　錢起

善鼓雲和瑟常聞帝子靈馮夷空自舞楚客不堪

聽苦調淒金石清音入杳冥蒼梧來怨慕白芷動

芳馨流水傳湘浦悲風過洞庭曲終人不見江上

開閣宇恐看宮牆高十丈學宮岌岌繼鄒魯斯文
政倚講筵切石室重新豈無補流棟梁上不作雜
檢欄截由可下俯推茲翼彰一都會往事繁華雜
歌舞變遷反覆寧重論昔日樓臺連宿莽通來人
物候還舊豈止十年此生來泉流且循勝華表鶴
來語淡風知不到山林客益蕭圖對香爐問來杖
履皆勝引李也亦復同步武洛陽年少共白頭三
聞大夫夏自苦一笑便覺真理有高識豈畏丞卿
恣不圖畫僧聖得知貌與兒童作客謝詩君為我
簇藤誌

滌草堂風雨瀟湘守裏洛

和張晉彥遊嶽麓　張栻

齊舫波煙涌雲屏人畫圖日烘花紘青風定水明
湖舟毅催春櫂從容勸客酹洲中無限景風味饒
三都

陪黃秉仲渡湘飲嶽麓臺上分韻得長字　張栻

支斜穿百級把酒問春光喬木依然在幽蘭紙自
芳未嘗洲水滿更覺橘洲長與客酒回首天涯話